LA DERNIERE GUERRE DES BETES. FABLE

Pour servir à

L'HISTOIRE DU XVIII. SIECLE.

PAR

L'AUTEUR D'ABASSAI.

Quid rides? mutato nomine, de te Fabula narratur.
HORAT. Serm. Lib. I. Ecl. I.

SECONDE PARTIE.

A LONDRES;
Chez C. G. SEYFFERT, Libraire dans *Dean-Street*, vis à vis St. *Ann's-Church*, *Soho*.

M. D. CC. LVIII.

LA DERNIERE

GUERRE DES BÊTES.

SECONDE PARTIE.

L'*Historien* des *Animaux* prétend, que jusqu'ici il est difficile de dire qui avoit *tort*, ou *raison*, des *Lions*, ou des *Léopards*; qu'aucune des *Bêtes* de la *Forêt* n'osérent en décider. Ils avoient donné de part et d'autre les *preuves* qu'ils avoient promises; quelquefois ils s'étoient servis des *mêmes*, qu'ils avoient très bien *ajustées* à leurs *prétensions*. Il ne fut pas si difficile dans la suite, de décider du *blâme* et des *éloges* qu'il falloit leur donner. Comme l'*axiome*, qu'*en ce qui regarde le bien public, on doit préférer l'effet à la cause*, étoit reçû chez tous les *Animaux*; il fut bientôt moins question du *fond* de la *quérelle*, que de la *façon* dont chaque Espèce s'y prendroit, pour la rendre *utile* à son Pays.

Cependant, de retour chez eux, les *Léopards* déclamèrent beaucoup contre les *Lions*. Ils taxoient tous leurs

leurs discours de verbiage; ils disoient qu'ils ne pouvoient se défendre qu'à coups d'*epigrammes de Singe*. Ils persuadèrent à leur Roi de profiter de cette impuissance, pour leur enlever tout ce qu'ils possédoient dans la *Nouvelle Forêt*. Les *Léopards* qui l'habitoient, aidoient à ces insinuations. Sans cesse aux prises avec les *Lions*, les sujets de querelle se multiplioient tous les jours. La haine en avoit fait une *Hydre*. Tantôt les *Léopards* se plaignoient, de ce que les *Lions* vouloient les empêcher de marcher en *ligne directe*, et de prendre tout ce qu'en marchant ainsi, ils trouvoient devant eux, de bonne prise.

Ils prétendoient qu'ils devoient se contenter, qu'ils ne prissent rien, en marchant *obliquement*. Tantôt ces *Bêtes* se prescrivoient des *bornes*, qu'elles disoient être de *Barrières* que le *Sage* avoit mises à leurs *entreprises*. Les *Lions* vouloient, que pour les *Léopards* ce fussent des *Monts*. Ceux ci répondoient, que leur ayant donné la faculté d'y *grimper*, il n'avoit pas voulu les borner par là. Les *Lions* repliquoient, qu'eux devoient l'être encore moins par la *Riviéré*, que les *Léopards* ne vouloient pas qu'ils *traversassent*, puisqu'ils savoient *nager*, et *faire des Radeaux* :

On

On croit facilement que tout ce qui est *possible* est *permis*.

Le ton modéré des *Lions* paroissoit aux *Léopards*, ce qu'il n'étoit pas en effet. Ils prétendoient, que les *Lions* ne vouloient ni la *paix* ni la *guerre*, parce que la prémiére auroit détruit leurs prétensions, et qu'ils n'étoient pas en état de les faire valoir par la seconde; que cependant ils aigrissoient les esprits des *Bêtes Sauvages*, et augmentoient le nombre de leurs *Cabanes*, et de leurs *Radeaux*. Enfin irrités des desseins qu'ils leur supposoient, séduits par leur patience, excités par leur violence naturelle, ils

ils résolurent de les attaquer, sans les *prévenir* qu'ils vouloient les attaquer. Ce procédé étoit entiérement contraire aux usages des *Bêtes*. Elles s'envoyoient faire un *compliment poli*, lorsqu'elles vouloient se *déchirer*; on appelloit, ainsi que nous, cette formalité, *déclaration de guerre*.

Le *Conseil* du Roi des *Léopards* la jugea *inutile*; elle l'étoit peutêtre en effet. Mais on a toujours tort, en s'écartant de la conduite ordinaire, quand on ne justifie pas celle qu'on y préfère par de prompts et brillants succès.

Cette eſpèce de juſtification étoit certainement au pouvoir des *Léopards*. Ils furent inexcuſables de n'avoir pas profité de l'avantage qu'ils avoient. Les *Lions* manquoient de Radeaux, & il leur en falloit un grand nombre pour ſe défendre. Ils manquoient auſſi de *Vers-luiſans*. Les *Léopards* avoient des uns et des autres en abondance. Il falloit les employer, dès l'inſtant qu'ils réſolurent la perte des *Lions*, et ne hazarder de ſe charger du titre d'*injuſte*, qu'avec l'*utilité* de l'*injuſtice*. Au contraire, ils cherchèrent à y ajouter, avec auſſi peu de fruit, un nom plus honteux encore. Dans le

tems

tems qu'ils pouvoient, avec des forces redoutables, écraſer leurs Ennemis, ils les harcelèrent lentement, et entreprirent de les tromper. Ils ont prétendu que c'étoit les *imiter*. Mais l'artifice utile aux *Lions*, à qui il pouvoit donner le tems de reſpirer, leur devenoit par là très nuiſible à eux. La ruſe n'eſt permiſe qu'à la foibleſſe et à la néceſſité; elle eſt honteuſe & onéreuſe à la force.

On a attribué cette lourde faute des *Léopards*, à l'*avarice* & à l'*avidité* des *Favoris* de leur Roi. C'eſt plûtot l'*Eſprit de Vertige*, que le *Sage* avoit ſoufflé ſur les *Animaux*, qui s'étoit s'étoit emparé des *Léopards*, comme *dans la suite* il s'empara des *Lions*. Alors ceux-ci se laissoient dévorer, déchirer, voler sans se défendre. Leurs plaintes faisoient à l'oreille des *Léopards*, l'effet d'une musique melodieuse. Ils triomphoient, lorsqu'ils avoient étranglé quelque misérable *Lion*, qui venoit à genoux leur demander la Paix; quand ils prenoient un *Radeau* sans défense, dont ils se partageoient le butin.

La patience du Roi des *Lions* paroissoit *inoüie* à toute la *Forêt*. On l'en méprisoit; on l'en blâmoit; on l'a depuis louée, exaltée. On avoit outré les

les choſes en la dépriſant; on les outra encore plus en la mettant au deſſus de ſa valeur. Ces *Bêtes* ne ſavoient point appécier les choſes leur valeur intrinſéque: elles vouloient trouver une cauſe étrangère à tout, et jamais celle qui étoit naturelle. Ce qui étoit néceſſité, elles l'appelloient prudençe; ce qui étoit prudence, artifice. Elles prétendoient que le Roi des *Lions* avoit laiſſé prendre ſes Radeaux, ſes Cabanes, étrangler ſes Sujets, pour montrer aux *Bètes*, que les *Léopards* étoient méchans; c'étoit acheter bien cher une ſatisfaction, qu'on auroit pu ſans doute avoir à meilleur marché,

et

et qui n'aboutiſſoit à rien; les *Animaux* étant auſſi peu occupés des vices des autres, que faciles à leur en ſuppoſer.

Quelque motif qu'eût la douceur du roi des *Lions*, elle devint très funeſte aux *Léopards*. Elle fut pour eux un piège d'autant plus cruel, qu'étant moins caché, il les couvroit de honte. Mais tandis qu'occupés à ronger leur proye, ils ne ſongeoient point à la devorer, ils s'aperçûrent qu'elle alloit leur échaper. Ils firent de grands efforts pour s'en aſſurer; ils furent vains; il n'en étoit plus tems. Le Roi des *Lions* avoit employé chaque inſtant de ſa patience feinte; il avoit continué à faire bâtir des Cabanes dans la *Nouvelle Forêt*. Ami et voiſin des *Caſtors*, qui étoient preſque ſous ſa dépendance, il leur fit conſtruire les Radeaux dont il avoit beſoin. Enfin il ſe trouva en état de ſe défendre, et d'attaquer, lorſque les *Léopards* ne ſe doutoient pas encore qu'il put faire aucun des deux.

L'artifice devenoit peutêtre alors néceſſaire aux *Léopards*. Mais ils s'en étoient ſervis trop tôt. D'ailleurs leur caractére ne le comportoit point; et ils n'en avoient pas pris, ainſi que

les

les *Lions*, des leçons chez les *Renards*, les ſeuls *Maitres* en ce genre pour toute la *Forêt*. Ils auroient appris d'eux, qu'*on ne mérite jamais le nom de perfide, avec une adreſſe qui échape à la conviction*. Ils recommencèrent leurs conférences pour la paix; ils firent les proteſtations les plus fortes du déſir ſincère qu'ils en avoient: ils envoyèrent en même tems un grand nombre de *Léopards* dans la *Nouvelle Forêt*, ſous prétexte d'une promenade de ſaiſon; ils comptoient ſurprendre les *Lions*; ils furent eux mêmes très ſurpris d'être attendûs et reçus comme ils le furent. Les *Lions* ſe jettèrent ſur eux, en tuèrent un grand nombre, prirent leurs Radeaux ; et ce qui fut encore pis, ils trouvèrent dans l'*oreille* de leur *Chef*, qu'ils avoient étranglé, une *Lettre* que le roi des *Léopards* lui avoit fait écrire, pour lui ordonner de détruire entiérement les *Lions*. Par un malheur de plus, cette *Lettre* étoit *dattée*. Il fut prouvé, qu'elle étoit du *jour* même où les *Léopards* avoient témoigné le plus d'empreſſement pour la *Paix*. Les *Lions* envoyèrent à leur Roi cette arme redoutable. Il ſe donna autant de peine pour la faire valoir, que les *Léopards* pour la rendre inutile. Ils en portèrent chacuns leurs plaintes à tous les *Ani-*

maux; ils en firent retentir la *Forêt*; ils crioient de toutes leurs forces; l'un, *écoutez la vérité*, l'autre, *voyez la calomnie!* Les *Singes* de part et d'autre se morfondoient à écrire. On croiroit que tant de soins avoient un but important; on se tromperoit. Les *Bêtes* qui se les donnoient n'ignoroient pas que les autres *Animaux*, ainsi qu'elles, en prêtant l'oreille à tout, n'écoutoient que leur propre intérêt. Ce qu'elles en faisoient, étoit par une manie de *Bêtes*, impossible à définir. Il est vrai qu'elles se vouloient faire des Amis, des Alliés; mais elles savoient bien qu'elles ne pouvoient y parvenir par d'auſſi foibles moyens.

Les *Léopards* firent propoſer à la *Reine des Dromadaires*, et *des Ours*, de ſe réunir avec eux contre les *Lions*; toutes les raiſons raſſemblées leur perſuadoient, qu'elle accepteroit leur propoſition. Les *Ours* et les *Dromadaires* avoient toujours été amis des *Léopards*, & ennemis des *Lions*. Leur Reine devoit tout aux prémiers; ils avoient depuis peu pour elle ſacrifié leur vie, & même leurs *Vers-luiſans*; ils l'avoient ſauvée des griffes des *Lions*, qui vouloient abſolument qu'elle n'*allongeât pas le Col*, & tint la

tête

tête baissée: ils furent fort étonnés de la réponse qu'elle leur fit.

" *Messieurs*, leur dit elle, je suis
" très surprise de vous voir si fort
" insister sur la justice de votre cause,
" tandis que vous pouvez appuyer
" sur vos *Vers-luisans*. J'ai d'ailleurs
" décidé que mes Alliés auront tou-
" jours raison: mais pour le deve-
" nir, il faut commencer par m'ai-
" der à arracher des pattes du *Tigre*
" la plus belle de mes *Prairies*;
" il ne la tiendroit pas, si dans no-
" tre derniére guerre vous aviez été
" plus forts que les *Lions*. Reparez
" votre faute, ou votre malheur;

" car

« car je vous déclare que tant que
« le *Tigre* mangera l'herbe de ma
« *Prairie*, je ne pourrai ſonger à la
« vôtre.

Cette propoſition parût déraiſonable aux *Léopards:* elle l'étoit en effet. Ils auroient aidé à la Reine des *Dromadaires* à reprendre ſa *Prairie*, lorſqu'ils auroient eû celle qu'ils demandoient. Il falloit finir une guerre avant d'en commencer une autre; il n'étoit pas prudent à eux de ſe faire un Ennemi tel que le *Tigre*, avant que d'avoir terraſſé les *Lions*.

La

La Reine des *Dromadaires* ne fut ſatisfaite, ni de leurs raiſons, ni de leurs promeſſes. En vain pour lui plaire, & la perſuader, ils affectèrent de parler avec horreur de la méchanceté du *Tigre*; elle ne regardoit les paroles que comme des Sons. En effet les *Léopards* s'arrangèrent le lendemain avec le Roi des *Tigres*, qui auſſi fort que ſuperbe leur promit tout, & n'exigea rien d'eux. Il ne leur promit pas cependant grand-choſe; il pouvoit peu pour eux. Son alliance leur devint même d'abord nuiſible, par ce qu'elle occaſionna, & qu'ils auroient dû prévoir. Le Roi des *Léopards* avoit de plus des raiſons

ſons particuliéres pour porter ſa vue juſques là. Il eſt vrai de dire, qu'on pouvoit difficilement penſer, que la Reine des *Dromadaries* ſeroit aſſés irritée, pour ſe réconcilier avec ſon ancien Ennemi ; que pour ſe venger elle voudroit riſquer de ſe faire *déchirer la peau*. Elle fit même plus ; elle s'en arracha des *Lambeaux* en faveur des *Lions*, ſans paroître ſentir le mal qu'elle ſe faiſoit ; elle s'unit à eux, accepta leurs *Vers-luiſans*, leur donna ſes Cabanes à garder.

Cet incident penſa faire perdre entiérement la raiſon aux *Léopards* : quoiqu'ils n'ignoraſſent pas ce que pouvoit

pouvoit le ressentiment sur le cœur des *Bêtes*. Ils ne se lassoient point de témoigner leur douleur & leur surprise; ils couroient de tout côtés comme de fols, en faisant de grands cris. Mais on étoit déja accoutumé à les entendre. Un événement malheureux les leur avoit fait commencer, et ils n'étoient pas prets à finir. Aucun *Animal* ne savoit moins supporter les revers ; on prétent qu'ils en étoient abbatus; ils en étoient seulement irrités. Mais leur colère morne, si dissemblable à leur insolence dans les succès, les faisoit paroître dans l'accablement, lorsqu'ils n'étoient qu'en fureur. Ils tournoient alors

alors leur rage contre eux mêmes, & s'accusoient mutuellement de leurs pertes ; ils avoient raison. Outre les inconvéniens que j'ai expliqués en parlant de leur Gouvernement, il y avoit encore chez eux un vice radical, le plus difficile à corriger. De tous les *Animaux* les *Léopards* étoient les plus occupés de la multiplication des *Vers-luisans*, ils en faisoient leur point capital, leur principale étude ; tout moyen d'en acquerir devenoit par conséquent un objet de tentation violente pour eux. Lorsque rassemblés ils parloient des avantages, des qualités, des vertus des *Bêtes*, ils plaçoient la gloire, l'honneur, la justice

ſtice au deſſus de tout ; dans le particulier, le grand nombre préféroit les *Vers-luiſans* à tout ; ils faiſoient tout pour eux ; leur liberté étoit même quelques fois à prix. On n'imagine pas qu'il ſoit bas & honteux de faire tout céder à l'objet qu'on préfére. Pour en convaincre, il faudroit être non ſeulement d'accord ſur les noms, mais encore ſur le mérite de l'objet préféré ; et qui peut perſuader contre la paſſion ? Il ſemble que cette folie des *Vers-luiſans*, étant chez les *Léopards* la paſſion générale, ils devoient être accoutumés aux marchés qu'elles leur faiſoit faire, et ſe les paſſer réciproquement ; au lieu de cela, ils ſe les reprochoient ſans ceſſe, s'en faiſoient une honte inutile, puiſqu'elle n'étoit pas ſalutaire; pernicieuſe, parcequ'elle découvroit leur foible à leur ennemis. On prétend que les *Lions* en avoient ſouvent profité, & qu'ils s'en prévalurent ſurtout dans cette guerre. On diſoit qu'ils avoient acheté tous les Favoris du Roi des *Léopards*, & que ceux-ci donnoient contre leur Partie des conſeils en leur faveur. Cette accuſation paroit avoir été dictée, plûtot par un amour propre aigri, que fondée ſur la vérité. Les *Lions* d'ailleurs, remplis de courage & d'honneur, pouvoient réuſſir ſans de pareils ſecours. Leur impé.

tuoſité

tuoſité naturelle leur devoit même toûjours aſſurer l'avantage dans leurs prémiers efforts. L'épuiſement étoit ſeul contre eux, & leur nuiſoit dans une guerre trop lente; alors l'abbatement ſuccédoit quelquefois, & devenoit ſans remède: mais moins eſclaves des *Vers luiſans*, qu'épris de la gloire, rien ne ralentiſſoit le feu du prémier inſtant. Ils n'avoient donc qu'à ſe garantir de leur fougue & de leur imprudence. L'une & l'autre leur furent cependant utiles dans l'entrepriſe, dont les *Léopards* déploroient le ſuccès: le hazard rend ſouvent utiles les défauts, comme l'adreſſe les vices.

Tandis que les *Lions* raſſembloient les Radeaux qu'ils avoient fait conſtruire, ils publioient qu'ils alloient s'emparer de l'*Iſle Rouge*, ſituée ſur le Fleuve du coté de la *Prémiére Forêt*; auſſitôt les *Léopards* ſe préparèrent à ſe défendre dans la *Seconde*. Ils crurent qu'une ſincérité ſi déplacée étoit un autre piége; ils s'aperçurent un peu tard, qu'ils étoient également trompés, lorſqu'ils croyoient les *Lions* ſur leur parole, & lorſqu'ils ne les croyoient pas.

Ils pouvoient cependant encore les empécher de réuſſir. Ils avoient une

une ſi grande quantité de Radeaux, qu'ils auroient accablé leurs Ennemis. Soit orgueil, ſoit avarice, ils n'en envoyèrent qu'un nombre égal au leur. Ils firent une autre faute ; ils nommèrent pour commander les *Léopards*, qui devoient ſe batre contre les *Lions*, un *Léopard* que mille vices leur devoient faire juger incapable de remplir un tel poſte. Préſomptueux dans leurs eſpérances, ils célébroient déja ſa victoire, lorſqu'ils apprirent qu'au prémier aſpect des *Lions*, il s'étoit enfui avec tous les *Léopards* qui lui obéiſſoient ; que les *Lions* avoient ſauté dans l'*Iſle Rouge*, et s'en étoient emparés, après en avoir fait fortir les *Léopards*, qui s'étoient rendus après une foible défenfe.

Un revers fi humiliant ne pouvoit être fuporté, par des *Bêtes* fi féroces, & fi fiéres. Elles en devinrent forcenées; elles s'en prirent à tout, à leur Souverain, à fes Miniftres, à fes Favoris, aux *Caftors* qui avoient conftruit les Radeaux des *Lions*: on accufe la douleur d'être injufte; elle eft auffi fouvent infenfée.

Le Roi des *Léopards* paroiffoit tranquille; malgré le vacarme que fes Sujets faifoient autour de lui; il favoit comment les réduire. Il étoit *Ours* d'orid'origine, bon & honnète *Animal.* Comme il étoit vieux, & qu'il y avoit long tems qu'il régnoit ſur les *Léopards*, il les connoiſſoit bien; il écoutoit toutes leurs clameurs, leurs menaces; leur laiſſoit nommer à leur gré les *Interprêtes* qui devoient lui chercher querelle; & il trouvoit dans l'inſtant des moïens ſûrs pour ſe les attacher. Il eut de la peine à y réuſſir avec un *Léopard-Singe*, dont l'éloquence entrainoit tous les autres. Il en vint pourtant à bout en ſacrifiant ſes Favoris, & le mettant à leur place; la reconnoiſſance due à une confiance ſans bornes, eſt une bien forte chaine pour un cœur généreux. Le *Léo-*

pard-

pard-Singe étoit d'ailleurs chéri du peuple; & les ordres donnés par ceux qu'on eſtime & qu'on aime, diminuent beaucoup le poids de l'obéiſſance. Le Roi des *Léopards* entroit dans toutes ces circonſtances, & s'y prêtoit de bonne grace.

Cette façon de regner étoit peu agréable, mais elle étoit d'uſage chez les *Léopards*; il n'y en avoit pas d'autre à ſuivre. Leur Roi fut même contraint de leur abandonner le *Léopard*, qui avoit fui devant les *Lions*. Ils l'accusèrent de pluſieurs crimes, & ne plaignirent ſon ſort qu'après l'avoir étranglé. Ils en vouloient faire autant

à ceux

à ceux qui lui avoient donné le commandement des Radeaux. Mais ne les voyant plus à la tête du Gouvernement, ils les oublièrent. On a toujours voulu taxer les *Léopards* d'inconſtance ; je l'ai déja dit, ils n'étoient que *faciles à gagner*. Le *Léopard-Singe* connut bien mieux la funeſte influence, que ce défaut avoit ſur le bien public, lorſqu'il ne fut plus queſtion de *haranguer*, mais d'*ordonner*. Il s'occupa d'abord à vérifier les iniquités, dont on chargeoit ceux qui l'avoient précédé. Soit qu'il ne les trouvât point telles qu'on les avoit ſuppoſées, ſoit qu'il fut las du trouble que cette recherche lui cauſoit ; il il ſe raccomoda avec eux, les laiſſa rentrer en faveur auprès du Roi, & leur remit les ſoins dont il étoit incapable. Franc, juſte, deſintéreſſé, il ne ſavoit point faire agir les reſſorts, que l'uſage avoit rendus *néceſſaires.* Ses vertus étoient autant d'ecueils, peutêtre même des défauts dans la place qu'il rempliſſoit; bien moins cependant que dans un Etat deſpotique, où la volonté du Souverain ne laiſſe pas la liberté de l'examen. Il faut dans ces derniers Gouvernemens, que les Miniſtres ſoient plus riches en *reſſources hardies*, qu'en *qualités eſtimables.*

Mais

Mais tandis que les *Léopards* s'occupoient de querelles inteſtines, de diviſions, leurs ennemis devenoient tous les jours plus redoutables. Les deux Rois s'étoient enfin *déclaré la guerre*. Ce compliment un peu tardif fût reçu par le Roi des *Lions*, avec une fierté, qui ne le laiſſa plus ſoupçonner de foibleſſe. D'ailleurs le ſort s'étoit déclaré pour lui ; il avoit réuſſi dans ſes entrepriſes ſur la *Nouvelle Forêt*. Les *Lions* prenoient aux *Léopards* autant de Radeaux qu' ils en perdoient, malgrè la ſupériorité du nombre qu'avoient ces derniers. Enfin tout ſuccédoit heureuſement aux

Lions,

Lions, tout faisoit l'éloge de leur valeur, & même de leur prudence ; le moment de leur délire n'étoit pas encore arrivé. L'*Alliance* qu'ils firent avec la Reine des *Dromadaires* l'amena. Il fut précédé d'un malheur qui leur causa le plus grand embarras, & la plus juste douleur.

Le Roi des *Lions*, quoiqu'absolu dans ses Etats, n'y jouissoit pas d'un repos sans altération. Ce n'étoit point la frénésie de la *Liberté* qui agitoit ses Sujets; c'étoit de petites fantaisies, qui d'abord paroissoient de peu de conséquence mais qui devenoient dans la suite des objets importans, des sujets

ſujets de trouble et de diſſenſions. Les Rois ſes Prédéceſſeurs avoient beaucoup ſouffert de la *manie* des *oreilles*, dont j'ai déja parlé. Quelques uns d'eux avoient été les victimes des funeſtes cataſtrophes qu'elle avoit cauſées ; une nouvelle folie avoit pris la place. Les *Lions* qui en étoient atteints prétendoient, que pour honorer le *Sage*, il falloit *tordre* les jambes, la tête ; ne marcher qu'en ſautant et cabriolant. Ce délire, qui paroiſſoit encore plus ridicule que les autres, allarma le Roi des *Lions*. Il ſavoit que le titre d'*extravagans* étoit aſsés prodigué à ſes Sujets ; il ne vouloit pas qu'ils le méritafsent davantage ; il leur défendit de *fauter*. Auffitot les *Interprètes des Loix* prirent parti pour les *Sauteurs*. Ces *Interprètes* avoient infiniment moins de pouvoir que ceux des *Léopards*. Mais enfin on ne pouvoit les empécher entiérement de parler, et leurs difcours ne laiffoient pas quelquefois d'ennuyer le Roi des *Lions*. Il ne fut pas faché de les voir abandonner tous les objets effentiels, pour ne s'occuper que de l'intérèt des *Sauteurs*. Il fupporta cette déraifon pendant qu'elle lui étoit utile ; il avoit des arrangemens à prendre fur lefquels il ne vouloit pas être contredit. Il pouvoit en interdire la hardieffe;

mais

mais on ne veut pas toujours tout ce qu'on peut. D'ailleurs, le Roi des *Lions* avoit le cœur bon, ſenſible; mille qualités réunies le rendoient aimable; il étoit fort aimé de ſes Sujets, auxquels il ne faiſoit ſentir ſon autorité, qu'autant que les droits du deſpotiſme l'y obligeoient. On ne lui avoit jamais fait qu'un reproche, bien leger et bien peu ſenſé: on trouvoit mauvais, que ſa *Lionne* Favorite le *menât boire*; on vouloit qu'à l'exemple de la Favorite du Roi des *Léopards*, elle lui *en apportât*; on étoit bleſſé de l'air d'autorité que lui donnoit cette marque d'honneur. Les *Bêtes* qui parloient ainſi devoient penſer, que comme il eſt naturel de partager ſes biens et ſes maux avec ce qu'on aime, le Roi des *Lions* faiſoit part du *Pouvoir ſouverain* à l'objet de ſon amour, et le Roi des *Léopards* de ſa *Dépendance*.

Les *Lions* étoient de tous les *Animaux*, ceux qui devoient le moins blamer les effets d'un ſentiment ſi naturel ; l'amour étoit leur paſſion dominante. Elle avoit ſur eux le même pouvoir qu'avoient les *Vers-luiſans* ſur les *Léopards* ; mais un pouvoir bien plus excuſable, dont les ſuites étoient bien moins dangéreuſes. L'Amour en élevant l'ame y augmente les

les Facultés qui l'agrandiſſent ; la ſoif des richeſſes produit l'effet contraire. Les *Lions* ſacrifioient tout à l'amour ; leurs vies, leurs *Vers-luiſans*, et quelques fois même leur folie. Ce dernier ſacrifice étoit pourtant le plus rare ; les *Animaux* qui le faiſoient paroiſſoient ſi remarquables aux autres, qu'ils en devenoient ridicules. Le Roi des *Lions* n'avoit point de *folie* à ſacrifier ; il étoit fort *raiſonnable* ; il ſacrifioit donc ce qu'il avoit. Sa *Lionne* étoit jolie, aimable, douce, et n'abuſoit point de ſa faveur, comme toute autre auroit peutêtre fait à ſa place. On l'accuſoit d'aimer les *Vers-luiſans*, accuſation encore déplacée ;

 qui

qui d'entre les *Animaux* ne les aimoit pas ? Ceux qui ne pouvoient en amasser, en marquoient du dégoût ; mais on n'étoit pas leur dupe.

Le Roi des *Lions*, tel que je l'ai dépeint, fut cependant sur le point d'être la victime du plus noir attentat. Par malheur pour les *Sauteurs*, ennuyé des *Interprètes* qui les défendoient, il venoit de leur faire mettre à chacun un *mords* accomodé à leur gueule. Il étoit tranquille au milieu de sa Cour, lorsqu'un scélérat et méchant *Lion* lui enfonça la *griffe* dans le *côté* ; il comptoit lui percer

percer le Cœur ; par un hazard heureux le coup fut mal adreſſé.

On peut juger, par ce que j'ai dit, des ſentimens d'amour et de reſpect des *Lions* pour leurs Souverains, de la déſolation qui fut parmi eux. Ils firent de tels rugiſſemens que toute la *Forêt* en retentit ; les *Léopards* mêmes en furent touchés. Je l'ai dit, les *Léopards* étoient généreux : quelque avantage qu'ils euſſent tiré des troubles qui auroient pu agiter le Royaume des *Lions*, ils auroient été fâchés de les devoir à une ſi affreuſe cauſe. La vraie gé-

néroſité

nérosité ne s'oublie jamais dans les objets essentiels.

La santé du Roi des *Lions* se rétablit ; il reprit sa vigueur, et ses projets. Il renvoya ses anciens Ministres, en prit de nouveaux. Ce fut alors que l'esprit de délire que le *Sage* avoit soufflé sur les *Animaux* s'empara des *Lions*. Les *Bêtes* qui composoient le Conseil du Roi, au lieu de ne s'occuper que du soin de vaincre les *Léopards*, de garder à cet effet leurs *Vers-luisans*, de se contenter de donner les secours qu'elles avoient d'abord promis à la Reine des *Dromadaires* ; abandonnèrent l'espérance

pérance presque certaine de reprendre leur *Prairie* sur les *Léopards*, pour lui aider à enlever la sienne au *Tigre*.

Les *Lions* parurent séduits par la bonté de leur cœur, et par un appat bien dangéreux pour eux. La Reine des *Dromadaires* offroit de leur donner *deux* de ses principales *Cabanes*, qui étoient à leur bienséance; elle les leur donnoit en attendant à garder. Ils ne virent pas combien ce *don* leur seroit ruineux. Outre l'engagement où il les faisoit entrer, il leur devoit rendre alors les *Chameaux* ennemis, et dans la suite toutes les *Bêtes* de la *Forêt*. Mais les maux éloignés

loignés diſparoiſſent, quand l'avantage préſent frappe vivement. Quant au *motif* qui excita la généroſité des *Lions*, ce fut une entrepriſe faite contre un de leurs *Alliés*, par un des plus redoutables *Animaux* de la *Forêt*.

Je l'ai déja dit, le Roi des *Tigres* réuniſſoit toutes les qualités des autres, en bien et mal, avec un génie ſupérieur en tout genre ; il les faiſoit valoir toutes à la fois. On le blamoit des unes, on le louoit des autres ; peutêtre les lui envioit-on toutes. Au degré où il les poſſédoit, elles aſſuroient ces heureux ſuccès qui étonnoient les *Bêtes*, et

fai-

faifoient tout approuver à celles qui n'en étoient pas les victimes.

Le Roi des *Tigres* fe doutoit de l'impatience, que la Reine des *Dromadaires* avoit de reprendre fa *Prairie* ; il lui voïoit faire de grands préparatifs, qui ne pouvoient avoir d'autre but. Elle lui avoit couté trop de fang et d'artifice, pour la rendre fi facilement. Il fut encore plus affuré des intentions de fon Ennemie, quand il fût la réponfe qu' elle avoit faite aux *Léopards.* Mais il ne vouloit pas commettre fes nouveaux Amis. Il vouloit cependant attaquer le prémier ; il *prévenoit* toujours

jours les autres, parce qu'il avoit l'art de les déviner. La *vue courte* de la plûpart des *Bêtes* ne leur permettoit pas de voir les objets de si loin ; il falloit les leur raprocher. Bien que le Roi des *Tigres* se souciât peu de leur approbation, il pria honnêtement la Reine des *Dromadaires* de lui expliquer ses intentions ; elle lui refusa une réponse. Il eût alors la complaisance d'aller chercher les *preuves* de la justice de sa cause, jusques dans la *Cabane* la plus reculée du Roi des *Ours Blancs*. Il falloit pour y pénétrer prendre ses autres Cabanes, s'emparer de son Royaume, de ses *Vers-luisans*, étran-

gler

gler ſes *Ours* ; il voulut bien encore faire tout cela. Il ſavoit qu'un *papier* écrit par les *Singes* du Roi des *Ours Blancs*, étoit ſon excuſe ; cela lui ſuffiſoit pour lui, et il ſe flatoit que lorſqu'il ſeroit parvenu à s'en ſaiſir, il ſuffiroit pour les *Bêtes*, qui admireroient ſa pénétration, ſon adreſſe, et ſurtout ſa valeur. Il vint bientôt à bout de ſon deſſein, qu'il exécuta en bon *Tigre*. Il étrangla les *Ours Blancs* qui voulurent lui réſiſter, enchaina les autres, enferma dans une Cabane gardée par des *Tigres* la Reine des *Ours Blancs* et ſes Fils, chaſsa le Roi de ſon Royaume, et enfin ſe ſaiſit du *Papier*. Il le lût alors tout haut, et le fit crier par toute la *Forêt.* Il y étoit question d'un projet d'alliance contre lui, entre le Roi des *Ours Blancs* et la Reine des *Dromadaires*; la guerre qu'il alloit faire à l'un, et celle qu'il alloit faire à l'autre, se trouvoient par là également justifiées. Mais cette pièce triomphante ne fit pas tout l'effet, que le Roi des *Tigres* en attendoit. Sa conduite fut trouvée par la plus part des *Bêtes* aussi injuste que violente; les *Lions* en furent les plus irrités. Ils épousèrent la querelle de leur Allié le Roi des *Ours Blancs.* La générosité étoit belle; mais je l'ai déja dit, bien dan-

dangéreuſe. Ce noble ſentiment, et les offres de la Reine des *Dromadaires*, pouvoient encore être unis à un déſir caché de vengeance. Les *Lions* prétendoient que le Roi des *Tigres* les avoit joués dans la précédente guerre, d'une maniére ſanglante. Il s'étoit d'abord joint à eux, il avoit retiré de grands avantages de cette union, et les ayant enſuite abandonnés dans un moment critique, ſa défection en avoit fait périr un grand nombre. Tant de motifs auroient rendu excuſables des *Bêtes* téméraires, qui croyoient pouvoir ſuffire à tout, en même tems ; ſi elles

 avoient

avoient pû y joindre un succès qui leur paroissoit certain.

Le Roi des *Lions* ne se contenta pas de donner une partie de ses *Vers-luisans*, et un grand nombre de ses *Lions* à la Reine des *Dromadaires*. Il voulut vaincre le Roi des *Tigres* par le *raisonement*, ainsi que par la *force*. Il ordonna à ses *Singes*, de mettre dans le plus grand jour l'odieux de son procédé. On lui reprocha en gros et en détail les ravages qu'il avoit faits, les violences qu'il avoit commises, pour aller chercher l'excuse douteuse de ces mêmes violences, et ravages. On ajoutoit,

que

que le crime seul cherchoit à s'excuser après coup ; mais que lorsque la justice et l'équité faisoient agir, la lumière qu'elles répandoient précédoit l'action. On disoit, que le Roi des *Tigres*, pouvoit mieux qu'aucun autre *Animal* se passer d'une justification ; qu'il étoit peu accoutumé à mettre la *raison* de son côté, quand il pouvoit y mettre la *force* ; qu'il auroit mieux fait de suivre son usage ordinaire, au lieu de sacrifier une *Bête* innocente, dans l'espoir de la trouver coupable. On en vint même jusqu'à nier l'*existence* du *Papier* sur lequel il paroissoit s'appuyer, et dont il faisoit tant de bruit. Le désir de faire trouver coupable un objet haï, est aussi ingénieux pour tout persuader, que décidé à tout croire.

De quelque façon que l'on attaquât le Roi des *Tigres*, on ne pouvoit qu'acquerir de l'honneur à le combatre ; ses armes en tout genre étoient redoutables. Jamais aucun *Animal*, et surtout un *Animal* Roi, n'avoit eû plus d'esprit et d'éloquence, plus de talens pour soutenir une bonne ou mauvaise cause ; il étoit tout dans son Royaume ; il étoit même *Singe* ; il avoit fait plusieurs ouvrages de *Singe* ; il protégeoit tous

les

les *Animaux* de cette Eſpèce ; il s'étoit abbaiſſé juſqu'à ſe quereller avec quelques uns d'entre eux, qui avoient oublié ſa ſupériorité comme *Roi*, pour la lui diſputer comme *Singe*. Ceux qu'on éleve trop, oublient facilement les diſtances. Le Roi des *Tigres* eût beſoin de ſes talens, pour donner des couleurs favorables à ſa conduite envers le Roi des *Ours Blancs* ; il fit un *Manifeſte* qu'il publia dans toute la *Forêt*, en voici l'*abregé*.

" J'avois des droits ſur une belle
" *Prairie*, qu'on m'avoit priſe ; je
" voulus les faire valoir ; je ſacri-
" fiai mes *Vers-luiſans*, le ſang de

mes

" mes Sujets, le reſſentiment, l'ami-
" tié, tour à tour: je la regagnai
" enfin. J'apprens que la Reine
" des *Dromadaires* ne penſe qu'à
" m'enlever cette *Prairie* qui m'a
" tant couté; que tout le foin qu'
" elle mange lui paroit amer, juſ-
" qu'à ce qu'elle puiſſe manger de
" l'herbe de ma *Prairie*. On dit
" que les *envies* de ſon Sexe ſont
" inſurmontables; la folle propo-
" ſition qu'elle a fait faire aux *Léo-*
" *pards* en eſt une nouvelle preuve.
" Envain je lui demande, ſi cette *en-*
" *vie* eſt bien réelle; envain je la prie
" de ne point entreprendre de la ſatis-
" faire ſans m'en avertir, je n'en re-
" çois qu'une réponſe fiére, et trop

" faite pour m'ouvrir les yeux. Je " n'ignore pas d'ailleurs la foibleſſe " de mon Ennemie ; j'examine quel- " les peuvent être ſes reſſources. Je " n'imagine pas qu'elle puiſſe en " trouver chez les *Lions* ; je leur " crois trop de jugement pour ſe " laiſſer leurer par elle, dans les cir- " conſtances où ils ſont. Je ne puis " même penſer qu'elle leur préſente " un leure, qui doit lui devenir plus " funeſte qu'à eux. Je conclus, qu' " elle doit compter ſur les *Animaux* " qui entourent ſes Etats. Je fixe " mes ſoupçons ſur le Roi des *Ours* " *Blancs*, bonne *Bête* facile à gag- " ner. Je ſurprens des *Lettres* qu'é-

crivent

" crivent en son nom ses *Ours Singes*.
" Mes doutes deviennent des certi-
" tudes. Je me hâte, pour ne pas
" donner à mes Ennemis le tems de
" s'unir, pour n'être pas accablé
" par cette union. Cependant pour
" faire les choses dans les règles
" d'usage parmi les *Bêtes*, j'envoie
" demander au Roi des *Ours Blancs*
" le passage de mon armée de *Ti-*
" *gres* dans ses Etats, et quelques
" unes de ses Cabanes pour ma sûre-
" té. Convaincu de ses mauvaises
" intentions à mon égard, par celles
" qu'il m'avoit témoignées dans no-
" tre derniére guerre, et par les *Lettres*
" que je venois de surprendre, je suis
" per-

“ persuadé qu'il va les découvrir
“ par un refus, et me mettre en
“ droit de tout entreprendre. Au lieu
“ de cela, il m'accorde tout, il me
“ fait les complimens les plus polis.
“ Le piège, où la patience et la
“ douceur affectée des *Lions* ont
“ fait donner les *Léopards*, se re-
“ trace alors à mon Esprit ; je ne
“ veux pas donner dans un piège
“ plus grossier encore. Je vois que
“ la foiblesse actuelle du Roi des
“ *Ours Blancs* dicte l'artifice qu'il
“ emploie, qu'il prétend m'envelo-
“ per sans danger pour lui, lorsque
“ que j'aurai les *Dromadaires* en tête.
“ Je veux profiter de ma pénétra-

“ tion.

« tion. La copie de ſes projets « que je tiens, tranquiliſe ma con- « ſcience d'*honnête Animal*. Je m'ap- « puye ſur la juſtice intrinsèque de « ma cauſe ; et je vole en cher- « cher la manifeſtation dans l'origi- « nal de cette copie. Les *Bêtes* « qui prétendent que l'exacte équité « défend de punir l'intention, peu- « vent tant qu'il leur plaira ſuivre « un préjugé, dont la dupe eſt tou- « jours la victime. Je le rejette, « avec bien d'autres que je leur « laiſſe. Il n'eſt pas difficile d'ail- « leurs de prouver, qu'il eſt contre « l'inſtinct que le *Sage* nous a donné ; « il empêche le plus ſûr moyen de

remplir

" remplir les prémiers devoirs des
" *Animaux*, la conſervation et la dé-
" fenſe de ſoi même. Des vertus
" factices ſont-elles autant néceſſaires
" aux *Bêtes*, que des ſentimens ſo-
" lides, des principes utiles ? De-
" vois-je me laiſſer étrangler, de-
" vois-je laiſſer déchirer mes *Tigres*,
" enlever ma *Prairie*, pour faire dire
" après : *il eût pû prévenir ſes mal-*
" *heurs, mais il n'étoit pas de l'exacte*
" *juſtice qu'il les prévint.* N'ai-je pas
" dû plutôt ſacrifier un frivole point
" d'honneur, ſûr de revenir bientôt
" de ce ſacrifice ?

" Ma conduite envers le Roi des " *Ours Blancs* justifie autant la bonté de mon cœur, que tout ce que je " viens de dire la justifie elle même. " Je suis entré dans son Royaume " sans y faire le moindre dégât. Je " lui ai dit avec amitié, que je le " priois de me donner toutes ses Cabanes, et sa personne à garder, " afin de pouvoir être sûr de lui, " jusqu'à la fin de la guerre que j'entreprenois. J'ai conjuré ses *Ours* " de ne point empêcher un dessein " si raisonnable. Je leur ai protesté que je ne voulois que leur " bien ; ils n'ont pas voulu m'écouter. Je les ai ménagés malgré

" leur

" leur téméraire défenſe. J'ai ré-
" compenſé ceux d'entre eux qui
" ont voulu s'unir à mes *Tigres.*
" J'ai protégé ceux qui ſe ſont ſou-
" mis. J'ai pris, il eſt vrai, leurs
" *Vers-luiſans*; mais j'ai promis de
" les leur rendre. J'ai fait garder
" reſpectueuſement par mes meilleurs
" *Tigres*, la *Reine des Ours Blancs*; je
" craignois qu'elle ne tombât en de
" plus mauvaiſes pattes. Je ne vou-
" lois pas même qu'elle s'exposât
" à la fatigue d'un voyage, dans un
" tems où elle croyoit avoir lieu de
" s'affliger, et où ſa ſanté étoit alté-
" rée. Enfin, j'ai permis au Roi
" des *Ours Blancs* de me laiſſer le

" Maitre chez lui. Je l'ai laissé " passer libre à travers mon armée, " quoique je gardasse la sienne pri- " sonniére. Je lui rendrai tout ce " qui lui appartient, à la fin de la " guerre. Il a son Royaume des " *Loups Jaunes*, où il peut se re- " poser en attendant. Comment " peut-il donc crier après moi ? Sur- " tout lorsque je tiens le *Papier* qui " le condamne. Ne pourrois-je pas " joindre à ce reproche, celui du " tems qu'il m'a fait perdre à le " subjuguer ? S'il avoit voulu se " prêter de bonne grace, aux précau- " tions que je prenois pour ma sû- " reté, j'aurois déja vaincu la Reine

des

" des *Dromadaires*; la guerre feroit " finie; les *Lions* n'auroient pas fait " une fottife qui leur coutera cher; " je n'aurois pas pris enfin la peine " de faire cette *Apologie*, dont l'effet " m'intéreffe bien moins, que le fuc- " cès qu'aura la valeur de mes *Tigres*, " et la fortune qui fuivra mon cou- " rage, et ma fermeté dans un def- " fein, qui n'a pas befoin de pa- " roitre jufte pour l'être.

Ce *Manifefte* ne demeura pas fans replique. Le Roi des *Ours Blancs* y répondit avec l'amertume, et la véhémence qu'infpirent l'oppreffion et le malheur. " Comment difoit-

“ il, le Roi des *Tigres* peut-il pen-
“ ſer, qu'il en impoſera aux *Ani-*
“ *maux* par des raiſons captieuſes,
“ ſi contraires à tous les principes
“ reçus parmi eux? Les loix qui
“ défendent de punir l'intention lui
“ ſemblent onéreuſes; combien le
“ feroient davantage celles qui le
“ permettroient? Occupés comme
“ nous le ſommes ſans ceſſe à pro-
“ jetter des alliances, des ligues u-
“ tiles; ſoin réellement néceſſaire à
“ notre conſervation, et ſurtout pour
“ les foibles; oſerions-nous ſeule-
“ ment penſer, oſerions-nous choiſir
“ les Amis qui nous ſont le plus
“ convenables; ſi dans l'inſtant l'*A-*

“ *nimal*

" *nimal* qui ne ſeroit pas choiſi, " venoit à l'improviſte ſe jetter ſur " nous pour nous dévorer ? N'eſt-" ce pas vouloir nous priver du " plus précieux don du *Sage*, de la " liberté ? Mais cette précipitation " n'eſt-elle pas encore auſſi mal en-" tendue qu'injuſte ? Nous nous " connoiſſons aſſés bien pour ne pas " ignorer nos communs uſages. Le " Roi des *Tigres* ſait que le mo-" ment où l'on projette une alliance, " dont on examine l'utilité, précède " ſouvent celui où l'on fait une al-" liance contraire, dont on eſpère " mieux. A-t-il ſaiſi l'inſtant où " les *Léopards* marchandoient avec

" la

" la Reine des *Dromadaires*, pour les
" attaquer ? N'auroit-il pas perdu
" à cette impatience, puisque le jour
" d'aprés ils se sont unis à lui ? J'en
" eusse peutêtre fait autant. Mais
" il n'ose se servir de ces systèmes
" injustes, lorsqu'il n'en voit pas l'u-
" tilité et la sureté, et il n'avoit
" pas intérêt d'avoir les *Léopards*,
" pour Ennemis. Il me reproche
" le parti que je pris dans la der-
" niére guerre ; toutes les raisons
" réunies le justifient assés ; et d'ail-
" leurs gardons nous ainsi une odi-
" euse rancune ? A quoi donc ser-
" viroit une paix, si elle n'éteignoit
" les quérelles ? Dans ce cas là le Roi
" des

“ des *Tigres* ne ſeroit pas de long
“ tems quitte avec les *Lions*; ils n'agiſ-
“ ſent cependant dans cette cauſe que
“ par générosité pour moi, et pour la
“ Reine des *Dromadaires*, par la cha-
“ leur d'une nouvelle amitié, dont
“ l'ardeur doit réparer les fureurs
“ d'une longue haine.

“ Mais enfin ce prétendu projet,
“ dont le Roi des *Tigres* prétend
“ avoir trouvé l'original dans ma
“ *Cabane*, n'a jamais exiſté. Mes
“ Favoris ont pû imaginer entre
“ eux ce qui pourroit me convenir,
“ ſe communiquer leurs idées ; cela
“ eſt très permis : quant à moi, quoi-

“ que

« que je fusse libre de les approu-
« ver, sans que le Roi des *Tigres*
« dût en conséquence venir, comme
« il a fait, chercher cette approba-
« tion dans ma Cabane ; je n'a-
« vois rien approuvé, rien résolu.
« Il a violé le *droit des Bêtes*, sans
« avoir *droit* lui même à cette ex-
« cuse. Si j'avois été si près de me
« déclarer son Ennemi, je le con-
« nois assés, pour n'avoir pas né-
« gligé les précautions nécessaires
« contre lui. Je lui ai offert de
« demeurer *neutre* ; j'ai accordé tout
« ce qu'il m'a fait demander. Je
« ne l'ai refusé que dans un point,
« où mon honneur me dictoit le
refus.

“ refus. Il vouloit que je me dé-
“ claraſſe contre la Reine des *Dro-*
“ *madaires*, à qui je dois, ainſi que
“ lui, homage et reſpect, mon Al-
“ liée, mon Amie fidèle ; que je
“ ſacrifiaſſe ces devoirs à une union
“ avec lui, d'autant moins déſirable,
“ que la *foi* et l'*amitié* ne ſont pas
“ ſes prémiéres Divinités. Le Roi
“ des *Tigres* ſe plaint de ma dou-
“ ceur, comme d'un piège, d'une
“ trahiſon même ; il l'a trouvée plus
“ importune que dangéreuſe ; il ne
“ la craignoit pas, mais il n'en vou-
“ loit point. Il a feint de la ſoup-
“ çonner. Le paſſage de ſes *Tigres*
“ dans mes Etats auroit été à ſes
dépens,

" dépens, s'il y étoit entré comme " Ami ; en y venant comme Ufur-" pateur, il n'a été qu'aux miens. " Cette cruelle et injufte *Politique* le " met en état, de fe parer ailleurs " d'une générofité, dont le revers " eft pour moi.

" Quant à la bonté, aux ménage-" mens dont il fe vante ; les faits " les mieux conftatés démentent ce " qu'il en dit. Mes *Cabanes* pil-" lées ; mes *Ours* étranglés, vio-" lentés, enchainés ; mon *Epoufe* " captive, traitée avec indignité, tout " anonce le Tiran, le Violateur de " toutes les Loix. Qui d'entre les

Bêtes

" *Bêtes* pourra n'être pas indigné
" d'une injuſtice ſi inouie ? Qui verra
" de ſang froid un malheureux Roi,
" dépouillé de ſes Etats, qu'il voit
" ravagés et détruits, ſans que le
" Déſtructeur puiſſe alléguer un mo-
" tif ſolide de cette violence odieuſe ;
" de cette deſtruction ?

" Que les *Animaux* qui en rient
" intérieurement, tremblent pour eux
" mêmes ; que le Roi des *Léopards*
" ſe ſouvienne, qu'un *oui*, au lieu d'un
" *non* dit à la Reine des *Droma-*
" *daires*, auroit pû réduire ſes *Ours*
" *Gris* dans l'état où ſont mes *Ours*
" *Blancs*. Enfin, que toutes les *Bêtes*

" s'uniſſent, pour remettre en vi-
" gueur la police honnète, raiſona-
" ble, qui fait la comune ſureté,
" et que nous avons toujours ob-
" ſervée juſqu'au ſiècle préſent ; et
" qu'on puniſſe celui qui prétend
" ſe faire un *droit* de cette viola-
" tion.

La Reine des *Dromadaires*, de ſon côté, crioit auſſi fort que le Roi des *Ours Blancs.* Mais ſes plaintes faiſoient moins d'effet. On ne pouvoit être dans le doute ſur ſes intentions ; on ſavoit qu'elle étoit très décidée à ravoir ſa *Prairie* à quelque prix que ce fut ; et elle l'avoit cédée

cédée à la derniére paix. Quoiqu'elle dit qu'on la lui avoit extorquée; qu'elle fit remarquer, qu'on l'attaquoit avant qu'elle se fût déclarée; elle avoit de la peine à faire pancher la balance de la justice de son coté. Il falloit y mettre les plaintes du Roi des *Ours Blancs*, pour pouvoir y réussir. Deux objets différens que l'on confond, prennent ordinairement la même teinte, et c'est toujours celle des deux qui frappe le plus la vue.

Cependant le Roi des *Tigres* laissa à ses *Singes*, le soin de continuer les discussions et les reproches. Il ne s'occupa que de celui de terminer promptement la quérelle. Son début fut heureux : il remporta une grande victoire fur les *Dromadaires*. L'ufage de ceux ci étoit de commencer par fe laiffer battre ; ils prirent enfuite leur revanche. Mais le Roi des *Tigres* qui n'étoit point accoutumé à être vaincu, fe promit de leur faire payer cher fa défaite ; lui feul n'en fut pas abbatu. Ses Amis en furent confternés. La Reine des *Dromadaires* perdoit moins en perdant dix *Dromadaires*, que le Roi des *Tigres* en perdant un feul *Tigre*. On alloit jufqu'à regarder les fuccès de celui ci, comme autant d'accidens qui hahâtoient ſa deſtruction. Mais ſa valeur, ſon expérience, ſon habileté, étoient d'une reſſource infiniment ſupérieure, à l'avantage du nombre qu'avoit ſon Ennemie. Pour augmenter cet avantage, elle s'allia avec la Reine des *Eléphants*, qui lui envoya une grande armée. Mais comme les *Eléphants*, marchoient lentement, et qu'ils avoient un long chemin à faire ; on crût qu'ils pourroient bien n'arriver qu'après la guerre finie. Le zéle et l'amitié peuvent forcer la nature, mais non la redreſſer entiérement.

Les

Les cent mille *Lions*, qui devoient auſſi combatre le Roi des *Tigres*, furent plus leſtes. Alors la multitude chez les *Léopards* voyant le Roi des *Tigres* vaincu, entouré de ſi puiſſans Ennemis, le crut perdu ſans reſſource. Les regrets ſuivent toujours le découragement; ils ſe repentoient de s'être unis à lui. La belle union ſe diſoient-ils à l'oreille; elle nous a rendus ennemis de la Reine des *Dromadaires*, qui par dépit a donné les Cabanes qui nous avoiſinent aux *Lions*. Cette guerre va mettre le comble à leur pouvoir et à leur fierté. Le *Tigre* ſera bientôt étranglé, détruit; ſes Ennemis qui ſont les

les nôtres partageront ſa dépouil e ; et devenus plus forts ils viendront fondre ſur nous ; la Reine des *Dromadaires* aura tous les Etats du Roi des *Tigres* ; et les *Lions* s'empareront des nôtres. Les bons *Léopards* gémiſſoient d'un inconvénient plus prochain et plus réel. Ils voyoient que cette Alliance expoſoit les Etats de leur Roi, comme Roi des *Ours Gris* ; ils ſentoient qu'il falloit honnêtement l'aider à les conſerver, à les défendre ; et ils étoient affligés de ne pouvoir par cette diverſion forcée, retirer l'avantage que leur promettoit la diverſion étourdie des *Lions*. Ils eûrent pluſieurs débats pour

ac-

accorder leurs véritables intérêts, avec leur amour pour leur Roi ; ils partagèrent le différent, un peu aux dépens de ce dernier ſentiment.

Le Roi des *Léopards* ſentit la foibleſſe des ſecours qu'il avoit obtenus ; il eſſaya d'une ruſe de *Renard*. Il fit faire aux *Lions* de grandes proteſtations d'amitié, en qualité de Roi des *Ours Gris*, et les aſſura qu'il n'étoit leur Ennemi que comme Roi des *Léopards*. Cette diſtinction fut trouvée plaiſante par les *Lions* ; ils lui donnèrent tous les ridicules dont elle étoit ſuſceptible. Il eſt ſi difficile de perſuader la vérité, à ceux qui ont intérêt

térêt de ne pas la croire, qu'il eſt ſurprenant qu'on s'imagine leur faire prêter quelque attention à une ſubtilité. Le Roi des *Léopards* ne s'y amuſa pas long tems. Il envoya ſon *Fils* à la tête d'une armée, qui trop foible, quoiqu'unie à celle de quelques autres *Ours*, ſes Alliés, ne pût empêcher les *Lions* de prendre les *Cabanes* du Royaume des *Ours Gris*. Le Prince *Léopard* ſe contenta donc de les *obſerver*; et quand il vit qu'il ne leur reſtoit plus qu'à le prendre lui même, et tous les *Vers-luiſans* de ſon Père, il leur parla de paix. Les *Lions* furent aſſés ſots pour l'écouter, avant que d'avoir pris ces *Vers-luiſans*, dont ils

avoient

avoient tant de besoin, qui devoient être l'unique but de leur entreprise, qui auroient enfin peutêtre terminé la guerre, ou qui l'auroient certainement décidée heureusement pour eux. Il sembloit que toutes les *Bêtes* s'étoient donné le mot pour faire des fautes, qui devoient leur prolonger l'occasion de les multiplier. Dans la *Convention* que les *Lions* firent avec le *Fils* du Roi des *Ours Gris*, ils admirent la distinction qu'ils avoient d'abord refusée, à titre d'une amitié, qui auroit d'abord retenu leur griffe arrêtée alors si mal à propos. Les variations, les inconséquences de ces *Bêtes*, auroient été bien surpré-

nantes

nantes si elles n'avoient pas été universelles. Les *Lions* devoient rester en possession des Cabanes des *Ours Gris*, qui devoient abandonner les *Tigres*.

Le Roi des *Tigres* parut plus affligé que piqué de cette défection; et ses regrets portoient plus sur ses Alliés que sur lui même. La multitude, les forces de ses Ennemis servoient d'aiguillon à sa valeur. Le plus grand secours pour mériter, est la conviction de l'idée qu'on a de notre mérite. Un *Animal*, qui comme le *Tigre* ne possédoit qu'un petit coin de Terre, qui voyoit s'unir

avec

avec grand fracas contre lui les *Animaux* les plus puiſſans de *la Forêt*, ne pouvoit être qu'enorgueilli ; et l'orgueil dans ce qui tient au courage, eſt toujours la ſource de l'élévation. Le Roi des *Tigres* en prenoit, non ſeulement dans le cas qu'il voyoit qu'on faiſoit de lui, mais encore dans la certitude qu'il avoit, que cette eſtime involontaire lui étoit düe. Ses grandes qualités étoient d'autant plus librement miſes en œuvre qu'un mauvais ſuccès ne pouvoit lui être honteux. La gloire excite un déſir plus violent, plus décidé, lorſqu'elle n'eſt point en oppoſition avec la honte.

Le Roi des *Tigres* fit faire quelques reproches au Roi des *Léopards*. Mais ce ne fut que pour la forme. Il attendit qu'un événement favorable pour lui, lui ramenât les *Ours* ses Alliés. Il savoit que le cœur de la plûpart d'eux lui étoit attaché. Les *Léopards*, une partie des *Ours*, des *Loups*, des *Chiens*, et les *Tigres* n'*entendoient* que de *la même oreille*. Cette *conformité* étoit une chaine bien forte pour unir ces *Bêtes*; et quoiqu'elles n'ignorassent pas que le Roi des *Tigres* n'y attachoit pas une grande idée, il paroissoit penser comme elles, cela leur suffisoit; elles l'appellèrent le *Défenſeur de la bonne façon d'entendre*.

Le Roi des *Tigres* étoit moins flaté de ce titre, que de ceux qu'il acquéroit tous les jours. Il s'étoit déja défait des *Eléphans*, qui enfin l'avoient joint ; qui deux fois ſupérieurs en nombre avoient eû contre lui un ſuccès, qu'ils auroient dû tenter de rendre complet, ſi des raiſons ſecrètes ne les avoient obligés de s'en retourner plus vite qu'ils n'étoient venus. Il avoit repouſſé les *Loups Gris* juſques chez eux. Une autre eſpèce de *Loups* étoit prête à ſe déclarer pour lui ; tout lui réuſſiſſoit.

Les

Les *Lions* ſeuls ſe flatoient d'arrêter ſes progrès ; une nouvelle imprudence qu'ils firent les éloigna de cette prétenſion.

Le Roi des *Lions* avoit donné le commandement de ſon Armée à un *Lion*, ſage, expérimenté, prudent ; qualités fort rares parmi les *Lions* ; il y joignoit la valeur de toute l'eſpèce. Il ne pouvoit donc manquer de réuſſir, et il réuſſiſſoit en effet, mais trop lentement au gré des *Lions*, qui pour la plûpart ne vouloient que des ſuccès prompts. C'étoit lui qui avoit pris les Cabanes des *Ours Gris* ; il les avoit priſes en *Animal raisonnable* qui ne veut point se sacrifier pour hâter une victoire certaine. Cependant la Reine des *Dromadaires* souffroit de cette sagesse. Le Roi des *Tigres* la pressoit vivement. Elle craignoit qu'il ne l'eût détruite avant que les *Lions* et les *Eléphans* ne fussent parvenus à elle. Ses cris furent perdus avec ceux ci. Mais ils étoient plus que suffisans, pour porter l'impatience des *Lions* à leur comble. Tout ce qui excite une passion dominante a un succès rapide. Le Roi des *Lions* rappella le *Lion* trop lent, et envoya à sa place le *Lion* qui avoit pris cette *Isle* si regretée par les *Léopards*. Ce

fut

fut lui qui donna la paix aux *Ours Gris.* Cet incident fut très ſenſible aux *Léopards.* Ils n'aimoient pas de revoir leur Vainqueur, donner la loi à leur Roi ; et quel Vainqueur ? Une *Bête* qui friſoit ſa criniére, qui la parfumoit, qui pirouetoit ſur chaque patte ; et cette *Bête* avoit pû les vaincre ; eux qui pour la plûpart croyoient qu'un *Animal*, vraiment *Animal*, devoit être épais et mauſſade ; qui regardoient comme la marque d'un courage mâle, un poil dégoutant et mal arrangé.

Tandis que ce gentil *Lion* s'arrangeoit dans les Cabanes des *Ours*

Gris, un autre *Lion* non moins aimable, plus jeune, vaillant, étourdi, alla combattre le Roi des *Tigres.* Il avoit résolu de le déchirer, de le dévorer ; il en avoit reçu l'*ordre.* Il joignit les *Lions* qu'il comandoit, à l'Armée des *Dromadaires* ; ainsi unis ils se présentèrent de bonne grace. Le Roi des *Tigres* peu effrayé d'un nombre, de moitié au dessus de celui de ses *Tigres*, eût bientôt séparé ses Ennemis. Les *Dromadaires* avoient naturellement de l'horreur pour le cri du *Tigre* ; ils s'enfuirent, et ils entrainèrent les *Lions* dans leur fuite, d'autant plutôt qu'ils n'avoient pas bien posé leurs

pattes,

pattes, pour courir plus vite à l'Ennemi, et qu'ils ne s'attendoient pas à la terreur panique des *Dromadaires*. Le Roi des *Tigres* les pourſuivit, fit priſoniers les principaux d'entre eux, étrangla tant qu'il pût des autres. Ceux qui lui échapèrent tâchèrent de ſe joindre aux *Lions*, qui occupoient les Cabanes des *Ours Gris*; ils les trouvèrent aux priſes avec eux, et fort embarraſſés d'un accident qu'ils auroient dû prèvoir. Les *Lions* diſoient, que dans l'inſtant que le Roi des *Léopards* avoit appris la victoire des *Tigres*, il avoit ordonné à ſes *Ours Gris* de rompre la *Convention*. La ſurpriſe qu'ils faiſoient paroitre de

cette

cette infidélité, étoit plus ſinguliére que l'infidélité dont ils ſe plaignoient. Ils avoient tant accuſé le Roi des *Léopards* de mauvaiſe foi, de perfidie, que ſi ces accuſations avoient été ſincères, rien ne devoit les étonner. Les *Léopards*, de leur coté, ſoutenoient que les *Lions* avoient manqué les prémiers à leur parole ; leur reprochoient des violences qu'ils auroient dû prévoir, avec l'idée qu'ils avoient toujours paru avoir de leur caractère. Ces *Bêtes* manquoient encore plus ſouvent de *mémoire* que de *Raiſon*. Les circonſtances, dans cette conteſtation, étoient cependant contre les *Ours Gris* ; comme dans le

fonds

fonds de la dispute sur la *Nouvelle Forêt* entre les *Léopards* et les *Lions*, elles étoient contre ces derniers. Mais quoique le doute soit ordinairement contre ceux, qui ont le plus d'intérêt à y donner lieu, les circonstances, chez les *Bêtes*, ne pouvoient faire asseoir un jugement certain.

Le Roi des *Léopards* et celui des *Lions* recommencèrent sur nouveaux frais les Ecrits, les reproches. Tous deux vouloient avoir raison alors, comme dans leur prémiére quérelle, et comme le Roi des *Tigres* et le Roi des *Ours Blancs* dans leur discussion. Mais ils

ils s'étoient donné tous trop peu de peine pour l'avoir. On ne ſe perſuadoit point qu'ils le déſiraſſent ſincérement ; on auroit dit plûtot qu'ils n'en faiſoient quelque ſemblant, que pour employer leur papier et occuper leurs *Singes*.

Le *Singe* que je traduis, ſe récrie ici ſur la folie des *Bêtes* dont il parle. Rien n'étoit en effet ſi ſingulier, dit-il, comme de voir les *Léopards* et les *Lions* quitter leur objet principal, pour ne s'occuper que d'un objet étranger. Cette légéreté étoit aſſés pardonnable aux *Lions*. D'ailleurs ils n'aimoient pas à ſe

battre

battre ſur le *Fleuve*. Ils avoient toujours ſi fort mépriſé les avantages, qu'ils pouvoient remporter de ce coté, que ſouvent ils s'étoient trouvés ſans Radeaux. Un *Lion-Singe*, et Miniſtre d'Etat, avoit été à ce ſujet accuſé d'une négligence, qui n'étoit en effet que l'impoſſibilité de vaincre l'antipathie de ſa Nation; il en avoit été diſgracié. C'étoit l'uſage parmi les *Bêtes*, lorſqu'une faute générale leur devenoit préjudiciable; elles ſe hâtoient de chercher une victime pour l'expier.

Mais les *Léopards*, qui préféroient par goût et par raiſon l'empire du

Fleuve à tout, qui gémiſſoient encore de n'avoir pas profité de l'inaction des *Lions*; pouvoient ils ne pas ſaiſir le moment qui leur redevenoit favorable ? Au lieu de cela, ils ne penſoient qu'à célébrer la gloire du Roi des *Tigres*, à lui faire accepter leurs *Vers-luiſans*; une folle joie les enivroit. Lorſqu'après avoir battu les *Lions*, le Roi des *Tigres* eût du déſavantage contre les *Dromadaires*, lorſqu'il les vainquit de nouveau, les *Léopards* ne s'occupoient que de lui. Attentifs à des combats, à des victoires, que l'imprudence des *Lions* devoit leur rendre encore plus utiles qu'agréables, ils faiſoient l'unique but

but de leurs désirs, de ce qui n'en devoit être que l'accessoire. Cette attention à un spectacle qui ne les intéressoit qu'autant qu'ils auroient sçu en profiter, avoit succédé aux animosités, aux querelles qui les avoient auparavant agités.

Le *Léopard-Singe* après avoir été disgracié, par Cabale, remis en grace par nécessité, n'avoit rien oublié pour fixer les *Léopards* à leurs véritables intérêts. Le succès de ses efforts ue répondoit pas à ses bonnes intentions. Il leur faisoit envain remarquer, que les *Lions* n'avoient eû sur eux que de très petits avantages, depuis qu'ils s'és'étoient eux même rendus les principaux Acteurs de la guerre contre les *Tigres*; qu'ils employoient tous leurs *Vers-luisans* pour cette nouvelle entreprise; et qu'en conséquence, ils abandonnoient le soin de défendre leurs Cabanes dans la *Nouvelle Forêt*. Tout étoit inutile. Tantôt les Radeaux des *Léopards* étoient éloignés de ceux des *Lions*, par un vent qui devoit les en approcher. Tantôt leur vue s'éblouissoit quoiqu'à deux pas d'eux. Une fois ils résolurent de se vanger des *Castors*, de s'emparer d'une *Isle* qui leur appartenoit. Ils se félicitèrent déja de cette Conquête. Mais ayant appris que les *Castors* y

avoient

avoient reçu quelques *Lions*, ils allèrent se mettre dans l'esprit, que la seule préférence de datte devoit leur faire honeur ; ils n'en voulurent plus, dès qu'ils ne pouvoient en être possesseurs avant leurs Ennemis.

Ils n'avoient point encore vangé la prise de leur *Isle* chérie, lorsqu'enfin ils firent un effort pour laver leur honte. Ils assemblèrent une prodigieuse quantité de Radeaux. Ils ordonnèrent au *Léopard* qui les commandoit de détruire les *Lions* ; *Allez*, lui dirent-ils, *et ne revenez, que lorsque vous aurez pris aux* Lions *jusqu'à leur dernier arpent de Terre.* Ce *Léo-*

pard avoit une *confuſion* dans la tête, qui empêchoit que les ſons n'y parvinſſent nettement. Il entendit mal ; il crut que ſes Maitres vouloient, qu'il prit un *arpent de Terre* aux *Lions*. Il part, bien réſolu d'obéir à quelque prix que ce fut. Il apperçoit un *Pré* où paiſſoient quelques *Lions* eſtropiés ; il leur caſſe les jambes qui leur reſtoient, meſure tranquilement le *Pré*, le trouve préciſément d'un *Arpent*, s'en empare, et revient hardiment annoncer ſa victoire. On ne lui fit pas l'accueil qu'il attendoit. Les *Léopards* furieux d'une pareille bévüe, furent ſur le point de lui faire ſubir le ſort du

Léo-

Léopard, qui avoit laissé prendre l'*Isle Rouge*. Mais le cas étoit bien différent. *Gagner un Pré*, ou *perdre une Isle*, n'avoit pas plus de ressemblance que la poltronerie au courage. Accuser de trahison le *Léopard* à la tête dérangée, étoit d'une conséquence trop dangéreuse. La crainte de courir un pareil risque auroit fait, qu'aucun autre *Léopard* ne se seroit hazardé de commander les Radeaux ; et puis, toujours la même marche ennuie. Il étoit d'ailleurs bien plus permis, pour l'intérêt personel de chaque *Bête*, de *manquer de tête*, que de *manquer de cœur*. Les *Léopards* eûrent donc plutôt fait de remonter à la vraie ſource de l'erreur fatale. Ils déclarèrent leur Confrère *inſenſé* et *abſous*. Il vaut toujours mieux ſuppoſer un défaut qu'on peut pardonner, que de chercher à découvrir un crime qu'il faudroit punir, et dont la ſeule recherche, ſi elle n'eſt fondée, eſt elle même une punition injuſte.

Les *Léopards* et les *Lions* n'avoient rien oublié, pour faire décider en leur faveur les *Chevaux*, et les *Chameaux*, pour les engager dans une alliance. Ils avoient fait, chacun de leur coté, les derniers efforts pour y parvenir. Mais les *Chameaux* n'avoient point

envie

envie de prendre parti. Ils prêtoient à uſure leurs *Vers-luiſans* aux deux Nations ; c'étoit là leur vrai intérêt ; il étoit difficile de leur faire prendre le Change ; l'inſtinct raiſonnoit trop juſte chez eux. Les démarches qu'on faiſoit auprès des *Chevaux* flatoient trop leur caractère ſuperbe ; ils ne vouloient les faire ceſſer, en ſe déclarant, que le plus tard qu'ils pourroient. Ils ruoient avec les uns, avec les autres, jettoient des regards fiers à droite et à gauche ; et quelque offre qu'on leur fit dédaignoient tout. Les *Léopards* craignoient cependant, que les liens du Sang qui les uniſſoient aux *Lions* ne les déterminaſſent enfin ; que leur Roi ne ſe reſſouvînt, que les *Lions* ne ſe trouvoient embarraſſés dans cette guerre, qu'en conſéquence d'un ſacrifice qu'ils avoient fait pour lui. Mais ils avoient d'autant plus de tort d'avoir cette crainte, qu'ils n'ignoroient pas, que les beaux ſentimens avoient peu de pouvoir ſur le cœur des *Bêtes*, entrainées par les ſeules paſſions, et toujours décidées par la plus forte.

Un autre *Animal* très redoutable auroit pû avoir une grande influence ſur cette guerre ; c'étoit le *Rhinoceros*. Ennemi particulier de la la Reine des *Dromadaires*, le Roi des

Tigres

Tigres ſe flatoit à chaque inſtant qu'il tomberoit ſur elle ; mais il n'oſoit pas témoigner cet eſpoir. Le *Rhinoceros* différoit des autres *Bêtes*, dans ſa façon de penſer ſur le *Sage*, encore plus qu'elles ne différoient entre elles ; cela ſuffiſoit à celles ci pour l'avoir en horreur, pour tenir à infamie une alliance avec lui. Le Roi des *Tigres* n'étoit certainement point eſclave d'un tel préjugé, quoiqu'il n'osât le braver. On ne peut ſecoüer entiérement un joug, que portent ceux dont on ne ſauroit ſe paſſer.

Cepen-

Cependant le bruit dont la *Forêt* retentissoit, étoit bien fait pour réveiller le *Sage*. Son *nom* étoit pris en témoignage par les *Animaux* de chaque Parti. L'impossibilité de se convaincre mutuellement; peutêtre l'idée qu'il ne s'éveilleroit pas, leur faisoit *appeller* de tout à lui. *Qu'il nous juge*, s'écrioient-ils; il connoit la justice de nos plaintes sur l'article de la *Nouvelle Forêt*, disoient les *Léopards*; il sait la vérité de notre réponse, repliquoient les *Lions*; il voit la violence, l'oppression du Roi des *Tigres*, disoit le Roi des *Ours Blancs*; il a entendu ma défence, reprenoit celui des *Tigres*.

Tigres. Les *Ours Gris* ont rompu la *Convention* ; non, c'eſt les *Lions* qui l'ont violée. *Qu'il nous juge, qu'il nons juge*, répétoient ils tous enſemble. Un *Papier* qui tomba tout à coup au milieu d'eux interrompit ces clameurs : un *Singe* s'en ſaiſit ; il lût.

Un *Loup* diſoit que l'on l'avoit volé.
Un *Renard* ſon Voiſin, d'aſſés mauvaiſe vie,
Pour ce prétendu vol par lui fut appellé
Devant le *Singe* ; il fut plaidé,
Non point par Avocats, mais par chaque Partie.
Thémis n'avoit point travaillé,
De mémoire de *Singe* fait plus embrouillé.
Le Magiſtrat ſuoit en ſon Lit de Juſtice.
Après qu'on eût conteſté,

Re-

Repliqué, crié, tempêté ;
Le Juge inſtruit de leur malice,
Leur dit : Je vous connois de longtems mes [amis,
Et tous deux vous pairez l'amende :
Car toi, *Loup*, tu te plains quoiqu'on ne t'ait rien [pris,
Et toi *Renard*, as pris ce qu'on te demande.

L'étonnement, la mortification des *Bêtes* fut extrême à cette lecture ; les Gueules s'ouvrirent, les Muſeaux s'allongèrent. Pour les remettre un peu, le *Singe* prit la parole. " Vous voyez, leur dit-il, " que nos Frères ont été autrefois " jugés par cet Arrêt ; nous nous " reſſemblons tous, et nous n'avons ainſi

" pas changé de caractère ; ainſi
" le *Sage* n'a pas dû prononcer
" une nouvelle Sentence. Il s'en
" eſt tenu à celle qu'avoit miſe
" dans notre bouche, un *Philoſophe*
" qui nous connoiſſoit bien. Quant
" à l'*amende* dont il eſt ici queſtion,
" chacun de nous la payera, ſans
" doute, par une *Paix*, digne de
" cette Guerre, du Génie, de la
" Sageſſe avec laquelle elle eſt con-
" duite, et de l'équité de ſes mo-
" tifs." En finiſſant ces mots, le
Singe laiſſa tomber le *Papier* et ſe
ſauva.

Les *Animaux*, qui avoient du *Bon Sens*, trouvèrent le *Commentaire* aussi *raisonnable*, que l'*Arrêt* juste. Le grand nombre des *Bêtes* ne pouvant s'en prendre au *Sage*, s'en prirent au *Singe*. Mais leur colère fut un peu calmée, quand elles virent qu'il avoit eû l'honnêteté de leur épargner ces *deux derniers* Vers de la *Fable*, qui les jugeoit ;

La Raison dit, qu'à tort et à travers,
On ne sauroit manquer, condamnant les *Pervers*.

FIN.

CLEF.

ANimaux,	*Hommes.*
Chameau,	*Hollandois.*
Cheval,	*Espagnol.*
Chevaux,	*Portugais.*
Chien,	*Suisse.*
Castor,	*Genois.*
Cerfs, Dains, &c.	*Américains.*
Cabanne,	*Habitation, Fort &c.*
Dromadaires,	*Autrichiens.*
Eléphant,	*Russien.*
1re. Forêt,	*Europe.*
2e. Forêt,	*Amérique.*
Grand Fleuve,	*La Mer.*
Isle gris de lin, la prairie de 1200. pas,	*Cession faite aux Anglois par les François à la paix d'Utrech.*
Isle rouge,	*Isle Minorque.*
Isle des castors,	*La Corse.*
Interprétes des loix,	*Le Parlement.*
Lion,	*François.*
Lion sage,	*M. le Mar. d'Estrés.*
Lion étourdi,	*M. de Soubise.*
Lion parfumant sa criniere,	*M. de Richelieu.*

Lionne favorite,	*La Marquise de ...*
Léopard,	*Anglois.*
Léopard fuyant devant les lions,	*Bingh.*
Loups,	*Habitans du Nord.*
Loups jaunes,	*Polonois.*
Manie de vieilles,	*Diférentes Religions.*
Ours,	*Allemands.*
Ours blancs,	*Saxons.*
Ours gris,	*Hanovriens.*
Prairie,	*Province.*
Renards,	*Italiens.*
Grand renard,	*Le Pape.*
Radeaux,	*Vaisseaux.*
Rhinocéros,	*Grand Turc.*
Sage,	*La Divinité.*
Sauteur,	*Janséniste.*
Scélerat lion,	*Damien.*
Singe,	*Ministre, Auteur, &c.*
Tigre,	*Prussien.*
Vers luisans,	*Or, argent.*

www.ingramcontent.com/pod-product-compliance
Ingram Content Group UK Ltd.
Pitfield, Milton Keynes, MK11 3LW, UK
UKHW021547260726
13993UKWH00002B/684